KB098224

꽃을 보듯 너를 본다

국립중앙도서관 출판예정도서목록(CIP)

꽃을 보듯 너를 본다 : 나태주 인터넷 시집 / 지은이: 나태
주. -- 대전 : 지혜, 2015
    p. ;   cm. -- (J.H classic ; 002)

ISBN 979-11-5728-029-2 03810 : ₩10000

한국 현대시 [韓國現代詩]

811.7-KDC6
895.715-DDC23   CIP2015016092

J.H CLASSIC 002

꽃을 보듯 너를 본다

나태주 인터넷 시집

지혜

시인의 말

　이 시집은 나의 시 가운데에서 인터넷의 블로그나 트위터에 자주 오르내리는 시들만 모은 책입니다. 그러니까 나의 책이긴 하되 독자들의 의견을 충분히 들어서 만든 책이라 하겠습니다.

　나는 한 사람 시인의 대표작을 시인 자신이 정하는 것이 아니라 독자들이 정하는 것이라고 믿는 사람입니다. 그만큼 독자의 힘은 크고 막강합니다. 그런 의미에서 이 시집은 나에게 특별한 느낌을 주는 책입니다.

　독자들이 고른 시들만 모은 책이니 독자들이 보다 많이 사랑해주었으면 좋겠다는 생각을 더불어 가져 봅니다. 말기의 행성인 이 지구에서 또다시 종이를 없애며 책을 내는 행위가 나무들한테 햇빛한테 미안한 생각이 듭니다. 잠시 다 같이의 안녕을 빕니다.

　　　　　　　　　　　　　　　　2015년 초여름
　　　　　　　　　　　　　　　　나태주

차례

1부

2부

3부

• 일러두기
한 연이 첫 번째 행에서 시작될 때는 > 로 표시합니다.

그림 : 윤문영 화백

내가 너를

내가 너를
얼마나 좋아하는지
너는 몰라도 된다

너를 좋아하는 마음은
오로지 나의 것이요,
나의 그리움은
나 혼자만의 것으로도
차고 넘치니까……

나는 이제
너 없이도 너를
좋아할 수 있다.

그 말

보고 싶었다
많이 생각이 났다

그러면서도 끝까지
남겨두는 말은
사랑한다
너를 사랑한다

입속에 남아서 그 말
꽃이 되고
향기가 되고
노래가 되기를 바란다.

좋다

좋아요
좋다고 하니까 나도 좋다.

2014. 내친구

사랑에 답함

예쁘지 않은 것을 예쁘게
보아주는 것이 사랑이다

좋지 않은 것을 좋게
생각해주는 것이 사랑이다

싫은 것도 잘 참아주면서
처음만 그런 것이 아니라

나중까지 아주 나중까지
그렇게 하는 것이 사랑이다.

바람 부는 날

너는 내가 보고 싶지도 않니?
구름 위에 적는다

나는 너무 네가 보고 싶단다!
바람 위에 띄운다.

허방다리

네 몸에선
라일락꽃 내음이 난다, 보랏빛

네 입술에선
솔난초꽃 내음이 난다, 하늘빛

네 눈 속에서는
촛불이 타오른다, 황금빛

그러나 그것은 속임수,
어림없는 허방다리.

그리움

가지 말라는데 가고 싶은 길이 있다
만나지 말자면서 만나고 싶은 사람이 있다
하지 말라면 더욱 해보고 싶은 일이 있다

그것이 인생이고 그리움
바로 너다.

2014. 내마음

못난이 인형

못나서 오히려 귀엽구나
작은 눈 찌푸리진 얼굴

애게게 금방이라도 울음보
터뜨릴 것 같네

그래도 사랑한다 얘야
너를 사랑한다.

사는 법

그리운 날은 그림을 그리고
쓸쓸한 날은 음악을 들었다

그리고도 남는 날은
너를 생각해야만 했다.

2014. 나은정

날마다 기도

간구의 첫 번째 사람은 너이고
참회의 첫 번째 이름 또한 너이다.

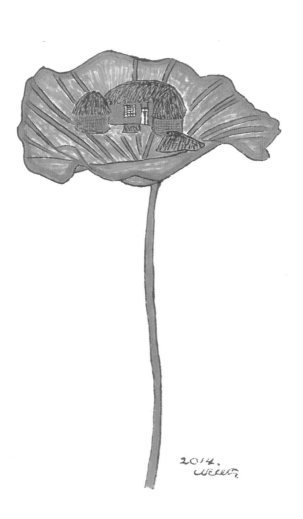

2014.

한 사람 건너

한 사람 건너 한 사람
다시 한 사람 건너 또 한 사람

애기 보듯 너를 본다

찡그린 이마
앙다문 입술
무슨 마음 불편한 일이라도
있는 것이냐?

꽃을 보듯 너를 본다.

첫눈

요즘 며칠 너 보지 못해
목이 말랐다

어제 밤에도 깜깜한 밤
보고 싶은 마음에
더욱 깜깜한 마음이었다

몇날 며칠 보고 싶어
목이 말랐던 마음
깜깜한 마음이
눈이 되어 내렸다

네 하얀 마음이 나를
감싸 안았다.

섬

너와 나
손잡고 눈 감고 왔던 길

이미 내 옆에 네가 없으니
어찌할까?

돌아가는 길 몰라 여기
나 혼자 울고만 있네.

느낌

눈꼬리가 휘어서
초승달
너의 눈은 … 서럽다

몸집이 작아서
청사과
너의 모습은 … 안쓰럽다

짧은 대답이라서
저녁바람
너의 음성은 … 섭섭하다

그래도 네가 좋다.

서로가 꽃

우리는 서로가
꽃이고 기도다

나 없을 때 너
보고 싶었지?
생각 많이 났지?

나 아플 때 너
걱정됐지?
기도하고 싶었지?

그건 나도 그래
우리는 서로가
기도이고 꽃이다.

부탁이야

오래가 아니야 조금
많이가 아니야 조금
네 앞에서 잠시
앉아있고 싶어

나는 왜 내가 이렇게 되었는지
나도 잘 모르겠어

금방 보고 헤어졌는데도
보고 싶은 네 얼굴
금방 듣고 돌아섰는데도
듣고 싶은 네 목소리

어둔 하늘 혼자서 반짝이는 나는 별
외론 산길에 혼자서 가는 나는 바람

웃는 네 얼굴 조금만 보고
예쁜 목소리 조금만 듣고
이내 나는 떠나갈 거야
그렇게 해줘 부탁이야

>

나는 왜 내가 이렇게 되었는지
나도 잘 모르겠어.

꽃들아 안녕

꽃들에게 인사할 때
꽃들아 안녕!

전체 꽃들에게
한꺼번에 인사를
해서는 안 된다

꽃송이 하나하나에게
눈을 맞추며
꽃들아 안녕! 안녕!

그렇게 인사함이
백번 옳다.

어여쁨

무얼 그리 빤히 바라보고
그러세요!

이쪽에서 보고 있다는 걸
안다는 말이다

제가 예쁘다는 걸
제가 먼저 알았다는 말이다.

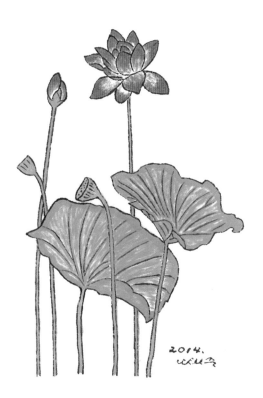

2014.

화살기도

아직도 남아있는 아름다운 일들을
이루게 하여 주소서
아직도 만나야할 좋은 사람들을
만나게 하여 주소서
아멘이라고 말할 때
네 얼굴이 떠올랐다
퍼뜩 놀라 그만 나는
눈을 뜨고 말았다.

너를 두고

세상에 와서
내가 하는 말 가운데서
가장 고운 말을
너에게 들려주고 싶다

세상에 와서
내가 가진 생각 가운데서
가장 예쁜 생각을
너에게 주고 싶다

세상에 와서
내가 할 수 있는 표정 가운데
가장 좋은 표정을
너에게 보이고 싶다

이것이 내가 너를
사랑하는 진정한 이유
나 스스로 네 앞에서 가장
좋은 사람이 되고 싶은 소망이다.

눈 위에 쓴다

눈 위에 쓴다
사랑한다 너를
그래서 나 쉽게
지구라는 아름다운 별
떠나지 못한다.

끝끝내

너의 얼굴 바라봄이 반가움이다
너의 목소리 들음이 고마움이다
너의 눈빛 스침이 끝내 기쁨이다

끝끝내

너의 숨소리 듣고 네 옆에
내가 있음이 그냥 행복이다
이 세상 네가 살아있음이
나의 살아있음이고 존재이유다.

황홀극치

황홀, 눈부심
좋아서 어쩔 줄 몰라 함
좋아서 까무러칠 것 같음
어쨌든 좋아서 죽겠음

해 뜨는 것이 황홀이고
해 지는 것이 황홀이고
새 우는 것 꽃 피는 것 황홀이고
강물이 꼬리를 흔들며 바다에
이르는 것 황홀이다

그렇지, 무엇보다
바다 울렁임, 일파만파, 그곳의 노을,
빠져 죽어버리고 싶은 충동이 황홀이다

아니다, 내 앞에
웃고 있는 네가 황홀, 황홀의 극치다

도대체 너는 어디서 온 거냐?
어떻게 온 거냐?

왜 온 거냐?

천 년 전 약속이나 이루려는 듯.

꽃그늘

아이한테 물었다

이담에 나 죽으면
찾아와 울어줄 거지?

대답 대신 아이는
눈물 고인 두 눈을 보여주었다.

2014. 내리실

별

너무 일찍 왔거나 너무 늦게 왔거나
둘 중에 하나다
너무 빨리 떠났거나 너무 오래 남았거나
또 그 둘 중에 하나다

누군가 서둘러 떠나간 뒤
오래 남아 빛나는 반짝임이다

손이 시려 손조차 맞잡아 줄 수가 없는
애달픔
너무 멀다 너무 짧다
아무리 손을 뻗쳐도 잡히지 않는다

오래오래 살면서 부디 나
잊지 말아다오.

너도 그러냐

나는 너 때문에 산다

밥을 먹어도
얼른 밥 먹고 너를 만나러 가야지
그러고
잠을 자도
얼른 날이 새어 너를 만나러 가야지
그런다

네가 곁에 있을 때는 왜
이리 시간이 빨리 가나 안타깝고
네가 없을 때는 왜
이리 시간이 더딘가 다시 안타깝다

멀리 길을 떠나도 너를 생각하며 떠나고
돌아올 때도 너를 생각하며 돌아온다
오늘도 나의 하루해는 너 때문에 떴다가
너 때문에 지는 해이다

너도 나처럼 그러냐?

꽃 · 1

다시 한 번만 사랑하고
다시 한 번만 죄를 짓고
다시 한 번만 용서를 받자

그래서 봄이다.

2014. 박태진

꽃 · 2

예쁘다는 말을
가볍게 삼켰다

안쓰럽다는 말을
꿀꺽 삼켰다

사랑한다는 말을
어렵게 삼켰다

섭섭하다, 안타깝다,
답답하다는 말을 또 여러 번
목구멍으로 넘겼다

그리고서 그는 스스로 꽃이 되기로 작정했다.

꽃 · 3

예뻐서가 아니다
잘나서가 아니다
많은 것을 가져서도 아니다
다만 너이기 때문에
네가 너이기 때문에
보고 싶은 것이고 사랑스런 것이고 안쓰러운 것이고
끝내 가슴에 못이 되어 박히는 것이다
이유는 없다
있다면 오직 한 가지
네가 너라는 사실!
네가 너이기 때문에
소중한 것이고 아름다운 것이고 사랑스런 것이고 가득한 것이다
꽃이여, 오래 그렇게 있거라.

혼자서

무리지어 피어 있는 꽃보다
두 셋이서 피어 있는 꽃이
도란도란 더 의초로울 때 있다

두 셋이서 피어 있는 꽃보다
오직 혼자서 피어있는 꽃이
더 당당하고 아름다울 때 있다

너 오늘 혼자 외롭게
꽃으로 서 있음을 너무
힘들어 하지 말아라.

개양귀비

생각은 언제나 빠르고
각성은 언제나 느려

그렇게 하루나 이틀
가슴에 핏물이 고여

흔들리는 마음 자주
너에게 들키고

너에게로 향하는 눈빛 자주
사람들한테도 들킨다.

2.014. 이영자

초라한 고백

내가 가진 것을 주었을 때
사람들은 좋아한다

여러 개 가운데 하나를
주었을 때보다
하나 가운데 하나를 주었을 때
더욱 좋아한다

오늘 내가 너에게 주는 마음은
그 하나 가운데 오직 하나
부디 아무 데나 함부로
버리지는 말아다오.

그래도

나는 네가 웃을 때가 좋다
나는 네가 말을 할 때가 좋다
나는 네가 말을 하지 않을 때도 좋다
뾰로통한 네 얼굴, 무덤덤한 표정
때로는 매정한 말씨
그래도 좋다.

이 가을에

아직도 너를
사랑해서 슬프다.

살아갈 이유

너를 생각하면 화들짝
잠에서 깨어난다
힘이 솟는다

너를 생각하면 세상 살
용기가 생기고
하늘이 더욱 파랗게 보인다

너의 얼굴을 떠올리면
나의 가슴은 따뜻해지고
너의 목소리 떠올리면
나의 가슴은 즐거워진다

그래, 눈 한 번 질끈 감고
하나님께 죄 한 번 짓자!
이것이 이 봄에 또 살아갈 이유다.

목련꽃 낙화

너 내게서 떠나는 날
꽃이 피는 날이었으면 좋겠네
꽃 가운데서도 목련꽃
하늘과 땅 위에 새하얀 꽃등
밝히듯 피어오른 그런
봄날이었으면 좋겠네

너 내게서 떠나는 날
나 울지 않았으면 좋겠네
잘 갔다 오라고 다녀오라고
하루치기 여행을 떠나는 사람
가볍게 손 흔들듯 그렇게
떠나보냈으면 좋겠네

그렇다 해도 정말
마음속에서는 너도 모르게
꽃이 지고 있겠지
새하얀 목련꽃 흐득흐득
울음 삼키듯 땅바닥으로
떨어져 내려앉겠지.

이별

지구라는 별
오늘이라는 하루
두 번 다시 만나지 못할
정다운 사람인 너

네 앞에 있는 나는 지금
울고 있는 거냐?
웃고 있는 거냐?

어린 봄

어린 봄은 나뭇가지 위에
새 울음 속에

더 어린 봄은
내 마음 위에

오늘도 나는 너를 바라보며
이렇게 울먹이고만 있다.

나무

너의 허락도 없이
너에게 너무 많은 마음을
주어버리고
너에게 너무 많은 마음을
뺏겨버리고
그 마음 거두어들이지 못하고
바람 부는 들판 끝에 서서
나는 오늘도 이렇게 슬퍼하고 있다
나무되어 울고 있다.

멀리

내가 한숨 쉬고 있을 때
저도 한숨 쉬고 있으리
꽃을 보며 생각한다

내가 울고 있을 때
저도 울고 있으리
달을 보며 생각한다

내가 그리운 마음일 때
저도 그리운 마음이리
별을 보며 생각한다

너는 지금 거기
나는 지금 여기.

사랑은 언제나 서툴다

서툴지 않은 사랑은 이미
사랑이 아니다
어제 보고 오늘 보아도
서툴고 새로운 너의 얼굴

낯설지 않은 사랑은 이미
사랑이 아니다
금방 듣고 또 들어도
낯설고 새로운 너의 목소리

어디서 이 사람을 보았던가……
이 목소리 들었던가……
서툰 것만이 사랑이다
낯선 것만이 사랑이다

오늘도 너는 내 앞에서
다시 한 번 태어나고
오늘도 나는 네 앞에서
다시 한 번 죽는다.

떠난 자리

나 떠난 자리
너 혼자 남아
오래 울고 있을 것만 같아
나 쉽게 떠나지 못한다, 여기

너 떠난 자리
나 혼자 남아
오래 울고 있을 것 생각하여
너도 울먹이고 있는 거냐? 거기.

멀리서 빈다

어딘가 내가 모르는 곳에
보이지 않는 꽃처럼 웃고 있는
너 한 사람으로 하여 세상은
다시 한 번 눈부신 아침이 되고

어딘가 네가 모르는 곳에
보이지 않는 풀잎처럼 숨 쉬고 있는
나 한 사람으로 하여 세상은
다시 한 번 고요한 저녁이 온다

가을이다, 부디 아프지 마라.

2014. 니네임

2부

그림 : 윤문영 화백

내가 좋아하는 사람

내가 좋아하는 사람은
슬퍼할 일을 마땅히 슬퍼하고
괴로워할 일을 마땅히 괴로워하는 사람

남의 앞에 섰을 때
교만하지 않고
남의 뒤에 섰을 때
비굴하지 않은 사람

내가 좋아하는 사람은
미워할 것을 마땅히 미워하고
사랑할 것을 마땅히 사랑하는
그저 보통의 사람.

말하고 보면 벌써

말하고 보면 벌써
변하고 마는 사람의 마음

말하지 않아도 네가
내 마음 알아 줄 때까지

내 마음이 저 나무
저 흰 구름에 스밀 때까지

나는 아무래도 이렇게
서 있을 수밖엔 없다.

떠나야 할 때를

떠나야 할 때를 안다는 것은
슬픈 일이다
잊어야 할 때를 안다는 것은
슬픈 일이다
내가 나를 안다는 것은 더욱
슬픈 일이다

우리는 잠시 세상에
머물다 가는 사람들
네가 보고 있는 것은
나의 흰 구름
내가 보고 있는 것은
너의 흰 구름

누군가 개구쟁이 화가가 있어
우리를 붓으로 말끔히 지운 뒤
엉뚱한 곳에 다시 말끔히 그려넣어 줄 수는
없는 일일까?

떠나야 할 사람을 떠나보내지 못하는 것은

안타까운 일이다
잊어야 할 사람을 잊지 못하는 것은
안타까운 일이다
그러한 나를 내가 안다는 것은 더더욱
안타까운 일이다.

행복

저녁 때
돌아갈 집이 있다는 것

힘들 때
마음속으로 생각할 사람 있다는 것

외로울 때
혼자서 부를 노래 있다는 것.

풀꽃 · 1

자세히 보아야
예쁘다

오래 보아야
사랑스럽다

너도 그렇다.

2014.

안부

오래
보고 싶었다

오래
만나지 못했다

잘 있노라니
그것만 고마웠다.

2014. 배성미

그리움

햇빛이 너무 좋아
혼자 왔다 혼자
돌아갑니다.

2014. 이른봄

아름다운 사람

아름다운 사람
눈을 둘 곳이 없다
바라볼 수도 없고
그렇다고 아니 바라볼 수도 없고
그저 눈이
부시기만 한 사람.

묘비명

많이 보고 싶겠지만
조금만 참자.

내가 사랑하는 계절

내가 제일로 좋아하는 달은
11월이다
더 여유 있게 잡는다면
11월에서 12월 중순까지다

낙엽 져 홀몸으로 서 있는 나무
나무들이 깨금발을 딛고 선 등성이
그 등성이에 햇빛 비쳐 드러난
황토 흙의 알몸을
좋아하는 것이다

황토 흙 속에는
시제時祭 지내러 갔다가
막걸리 두어 잔에 취해
콧노래 함께 돌아오는
아버지의 비틀걸음이 들어 있다

어린 형제들이랑
돌담 모퉁이에 기대어 서서 아버지가
가져오는 봉송封送 꾸러미를 기다리던
해 저물녘 한 때의 굴품한* 시간들이

숨쉬고 있다

아니다 황토 흙 속에는
끼니 대신으로 어머니가
무쇠 솥에 찌는 고구마의
구수한 내음새 아스므레
아지랑이가 스며 있다

내가 제일로 좋아하는 계절은
낙엽 져 나무 밑둥까지 드러나 보이는
늦가을부터 초겨울까지다
그 솔직함과 청결함과 겸허를
못 견디게 사랑하는 것이다.

* 굴품한 : '배가 고픈 듯한', '시장기가 드는 듯한'의 충청도 방언.

별들이 대신해주고 있었다

바람도 향기를 머금은 밤
탱자나무 가시 울타리 가에서
우리는 만났다
어둠 속에서 봉오리진
하이얀 탱자꽃이 바르르
떨었다
우리의 가슴도 따라서
떨었다
이미 우리들이 해야 할 말을
별들이 대신해 주고 있었다.

봄

봄이란 것이 과연
있기나 한 것일까?
아직은 겨울이지 싶을 때 봄이고
아직은 봄이겠지 싶을 때 여름인 봄
너무나 힘들게 더디게 왔다가
너무나 빠르게 허망하게
가버리는 봄
우리네 인생에도
봄이란 것이 있었을까?

11월

돌아가기엔 이미 너무 많이 와버렸고
버리기에는 차마 아까운 시간입니다

어디선가 서리 맞은 어린 장미 한 송이
피를 문 입술로 이쪽을 보고 있을 것만 같습니다

낮이 조금 더 짧아졌습니다
더욱 그대를 사랑해야 하겠습니다.

풀꽃 · 2

이름을 알고 나면 이웃이 되고
색깔을 알고 나면 친구가 되고
모양까지 알고 나면 연인이 된다
아, 이것은 비밀.

2014. 나태주

기도

내가 외로운 사람이라면
나보다 더 외로운 사람을
생각하게 하여 주옵소서

내가 추운 사람이라면
나보다 더 추운 사람을
생각하게 하여 주옵소서

내가 가난한 사람이라면
나보다 더 가난한 사람을
생각하게 하여 주옵소서

더욱이나 내가 비천한 사람이라면
나보다 더 비천한 사람을
생각하게 하여 주옵소서

그리하여 때때로
스스로 묻고
스스로 대답하게 하여 주옵소서

>

나는 지금 어디에 와 있는가?

나는 지금 어디로 향해 가고 있는가?

나는 지금 무엇을 보고 있는가?

나는 지금 무엇을 꿈꾸고 있는가?

대숲 아래서

1

바람은 구름을 몰고
구름은 생각을 몰고
다시 생각은 대숲을 몰고
대숲 아래 내 마음은 낙엽을 몬다.

2

밤새도록 댓잎에 별빛 어리듯
그슬린 등피에는 네 얼굴이 어리고
밤 깊어 대숲에는 후둑이다 가는 밤 소나기 소리
그리고도 간간이 사운대다 가는 밤바람 소리.

3

어제는 보고 싶다 편지 쓰고
어젯밤 꿈엔 너를 만나 쓰러져 울었다
자고 나니 눈두덩엔 메마른 눈물자죽
문을 여니 산골엔 실비단 안개.

4

모두가 내 것만은 아닌 가을,

해 지는 서녘구름만이 내 차지다
동구 밖에 떠드는 애들의
소리만이 내 차지다
또한 동구 밖에서부터 피어오르는
밤안개만이 내 차지다.

하기는 모두가 내 것만은 아닌 것도 아닌
이 가을,
저녁밥 일찍이 먹고
우물가에 산보 나온
달님만이 내 차지다
물에 빠져 머리칼 헹구는
달님만이 내 차지다.

겨울 행

열 살에 아름답던 노을이
마흔 살 되어 또다시 아름답다
호젓함이란 참으로
소중한 것이란 걸 알게 되리라

들판 위에
추운 나무와 집들의 마을,
마을 위에 산,
산 위에 하늘,

죽은 자들은 하늘로 가
구름이 되고 언 별빛이 되지만
산 자들은 마을로 가
따뜻한 등불이 되는 걸 보리라.

선물

하늘 아래 내가 받은
가장 커다란 선물은
오늘입니다

오늘 받은 선물 가운데서도
가장 아름다운 선물은
당신입니다

당신 나지막한 목소리와
웃는 얼굴, 콧노래 한 구절이면
한 아름 바다를 안은 듯한 기쁨이겠습니다.

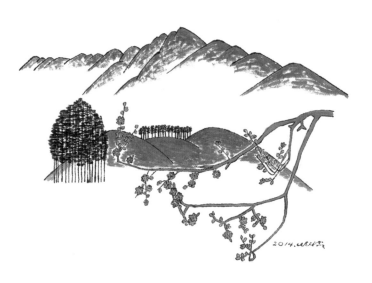

바람에게 묻는다

바람에게 묻는다
지금 그곳에는 여전히
꽃이 피었던가 달이 떴던가

바람에게 듣는다
내 그리운 사람 못 잊을 사람
아직도 나를 기다려
그곳에서 서성이고 있던가

내게 불러줬던 노래
아직도 혼자 부르며
울고 있던가.

2.014. Willi

오늘도 그대는 멀리 있다

전화 걸면 날마다
어디 있냐고 무엇하냐고
누구와 있냐고 또 별일 없냐고
밥은 거르지 않았는지 잠은 설치지 않았는지
묻고 또 묻는다

하기는 아침에 일어나
햇빛이 부신 걸로 보아
밤사이 별일 없긴 없었는가 보다

오늘도 그대는 멀리 있다

이제 지구 전체가 그대 몸이고 맘이다.

2006.

떠나와서

떠나와서 그리워지는
한 강물이 있습니다
헤어지고 나서 보고파지는
한 사람이 있습니다
미루나무 새 잎새 나와
바람에 손을 흔들던 봄의 강 가
눈물 반짝임으로 저물어가는
여름날 저녁의 물비늘
혹은 겨울 안개 속에 해 떠오르고
서걱대는 갈대숲 기슭에
벗은 발로 헤엄치는 겨울 철새들
헤어지고 나서 보고파지는
한 사람이 있습니다
떠나와서 그리워지는
한 강물이 있습니다.

풀꽃 · 3

기죽지 말고 살아봐
꽃 피워봐
참 좋아.

2014. 니킨니롱

부탁

너무 멀리까지는 가지 말아라
사랑아

모습 보이는 곳까지만
목소리 들리는 곳까지만 가거라

돌아오는 길 잊을까 걱정이다
사랑아.

2014. 山水 印

아끼지 마세요

좋은 것 아끼지 마세요
옷장 속에 들어 있는 새로운 옷 예쁜 옷
잔칫날 간다고 결혼식장 간다고
아끼지 마세요
그러다 그러다가 철지나면 헌옷 되지요

마음 또한 아끼지 마세요
마음속에 들어 있는 사랑스런 마음 그리운 마음
정말로 좋은 사람 생기면 준다고
아끼지 마세요
그러다 그러다가 마음의 물기 마르면 노인이 되지요

좋은 옷 있으면 생각날 때 입고
좋은 음식 있으면 먹고 싶은 때 먹고
좋은 음악 있으면 듣고 싶은 때 들으세요
더구나 좋은 사람 있으면
마음속에 숨겨두지 말고
마음껏 좋아하고 마음껏 그리워하세요

그리하여 때로는 얼굴 붉힐 일

눈물 글썽일 일 있다한들
그게 무슨 대수겠어요!
지금도 그대 앞에 꽃이 있고
좋은 사람이 있지 않나요
그 꽃을 마음껏 좋아하고
그 사람을 마음껏 그리워하세요.

세상에 나와 나는

세상에 나와 나는
아무 것도 내 몫으로
차지하려 하지 않았습니다

꼭 갖고 싶은 것이 있었다면
푸른 하늘빛 한 쪽
바람 한 줌
노을 한 자락

더 욕심을 부린다면
굴러가는 나뭇잎새
하나

세상에 나와 나는
어느 누구도 사랑하는 사람으로
간직해 두고 싶지 않았습니다

꼭 사랑하는 사람이 있었다면
단 한 사람
눈이 맑은 그 사람

가슴속에 맑은 슬픔을 간직한 사람

더 욕심을 부린다면
늙어서 나중에도 부끄럽지 않게
만나고 싶은 한 사람
그대.

꽃잎

활짝 핀 꽃나무 아래서
우리는 만나서 웃었다

눈이 꽃잎이었고
이마가 꽃잎이었고
입술이 꽃잎이었다

우리는 술을 마셨다
눈물을 글썽이기도 했다

사진을 찍고
그날 그렇게 우리는
헤어졌다

돌아와 사진을 빼보니
꽃잎만 찍혀 있었다.

3월

어차피 어차피
3월은 오는구나
오고야 마는구나
2월을 이기고
추위와 가난한 마음을 이기고
넓은 마음이 돌아오는구나
돌아와 우리 앞에
풀잎과 꽃잎의 비단방석을 까는구나
새들은 우리더러
무슨 소리든 내보라 내보라고
조르는구나
시냇물 소리도 우리더러
지껄이라 그러는구나
아, 젊은 아이들은
다시 한 번 새옷을 갈아입고
새 가방을 들고
새 배지를 달고
우리 앞을 물결쳐
스쳐 가겠지
그러나 3월에도

외로운 사람은 여전히 외롭고
쓸쓸한 사람은 쓸쓸하겠지.

풀잎을 닮기 위하여

풀잎 위에
내 몸을 기대어본다

휘청,
휘어지는 풀잎

풀잎 위에
내 슬픔을 얹어본다

휘청,
더욱 깊게 휘어지는 풀잎

오늘은 내 몸무게보다
슬픔의 무게가 더 무거운가 보오.

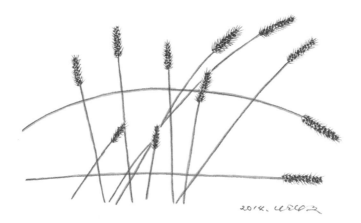

2014. 내영으

뒷모습

귀가 예쁘거든 귀만 보여 주시오
눈썹이 곱거든 눈썹만 보여 주시오
입술이 탐스럽거든 입술만 보여 주시오
하다 못해 담배가치 끼운
손가락이 멋지다면
그거라도 보여 주시오
보여 줄 것이 정히나 없거든
보여 줄 것이 생길 때까지 기다리시오
기다린 뒤에도 보여 줄 것이 없거든
뒷모습을 보여 주시오
조심조심 사라져가는 그대 뒷모습을
보여 주시오.

2014.

나무에게 말을 걸다

우리가 과연
만나기나 했던 것일까?

서로가 사랑한다고
믿었던 때가 있었다
서로가 서로를 아주 잘
알고 있다고 믿었던 때가 있었다
가진 것을 모두 주어도
아깝지 않다고 생각하던 시절도 있었다

바람도 없는데
보일 듯 말 듯
나무가 몸을 비튼다.

외롭다고 생각할 때일수록

외롭다고 생각할 때일수록
혼자이기를,

말하고 싶은 말이 많은 때일수록
말을 삼가기를,

울고 싶은 생각이 깊을수록
울음을 안으로 곱게 삭이기를,

꿈꾸고 꿈꾸노니―

많은 사람들로부터 빠져나와
키 큰 미루나무 옆에 서 보고
혼자 고개 숙여 산길을 걷게 하소서.

섬에서

그대, 오늘

볼 때마다 새롭고
만날 때마다 반갑고
생각날 때마다 사랑스런
그런 사람이었으면 좋겠습니다

풍경이 그러하듯이
풀잎이 그렇고
나무가 그러하듯이.

2014. 내친구

다시 9월이

기다리라, 오래 오래
될 수 있는 대로 많이
지루하지만 더욱

이제 치유의 계절이 찾아온다
상처받은 짐승들도
제 혀로 상처를 핥아
아픔을 잊게 되리라

가을 과일들은
봉지 안에서 살이 오르고
눈이 밝고 다리 굵은 아이들은
멀리까지 갔다가 서둘러 돌아오리라

구름 높이, 높이 떴다
하늘 한 가슴에 새하얀
궁전이 솟았다

이제 제각기 가야할 길로
가야 할 시간

기다리라, 더욱

오래오래 그리고 많이.

주제넘게도

주제넘게도
남은 청춘을 생각해 본다

주제넘게도
남은 사랑을 생각해 본다

촛불은 심지까지
타버리고 나서야 촛불이고

사랑은 단 한 번뿐이라야
사랑이라던데…….

그리움

때로 내 눈에서도
소금물이 나온다
아마도 내 눈 속에는
바다가 한 채씩 살고 있나 보오.

2014.

잠들기 전 기도

하나님
오늘도 하루
잘 살고 죽습니다
내일 아침 잊지 말고
깨워 주십시오.

3부

그림 : 윤문영 화백

눈부신 세상

멀리서 보면 때로 세상은
조그맣고 사랑스럽다
따뜻하기까지 하다
나는 손을 들어
세상의 머리를 쓰다듬어준다
자다가 깨어난 아이처럼
세상은 배시시 눈을 뜨고
나를 향해 웃음 지어 보인다

세상도 눈이 부신가 보다.

3월에 오는 눈

눈이라도 3월에 오는 눈은
오면서 물이 되는 눈이다
어린 가지에
어린 뿌리에
눈물이 되어 젖는 눈이다
이제 늬들 차례야
잘 자라거라 잘 자라거라
물이 되며 속삭이는 눈이다.

12월

하루 같은 1년

1년 같은 하루, 하루

그처럼 사라진 나

그리고 당신.

사람 많은 데서 나는

사람 많은 데서 나는
겁이 난다,
거기 네가 없으므로

사람 없는 데서 나는
겁이 난다,
거기에도 너는 없으므로.

보고 싶다

보고 싶다,
너를 보고 싶다는 생각이
가슴에 차고 가득 차면 문득
너는 내 앞에 나타나고
어둠 속에 촛불 켜지듯
너는 내 앞에 나와서 웃고

보고 싶었다,
너를 보고 싶었다는 말이
입에 차고 가득 차면 문득
너는 나무 아래서 나를 기다린다
내가 지나는 길목에서
풀잎 되어 햇빛 되어 나를 기다린다.

앉은뱅이꽃

발밑에 가여운 것
밟지 마라,
그 꽃 밟으면 귀양 간단다
그 꽃 밟으면 죄 받는단다.

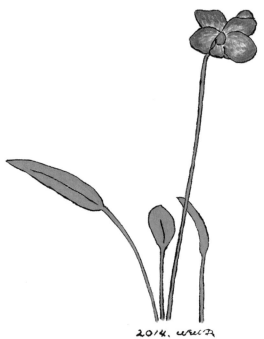

2014. 박석정

연애

날마다 잠에서
깨어나자마자 당신 생각을
마음 속 말을 당신과 함께
첫 번째 기도를 또 당신을 위해

그런 형벌의 시절도 있었다.

2006. 산수봄

나의 사랑은 가짜였다

말로는 그랬다
사랑은 지는 것이라고
지고서도 마음 편한 것이라고

그러나 정말로 지고서도
편안한 마음이 있었을까?

말로는 그랬다
사랑은 버리는 것이라고
버리고서도 행복해하는 마음이라고

그러나 정말 버리고서도
행복한 마음이 있었을까?

사랑은

사랑은
안절부절

사랑은
설레임

사랑은
서성댐

사랑은
산들바람

사랑은
나는 새

사랑은
끓는 물

사랑은
천의 마음.

내장산 단풍

내일이면 헤어질 사람과
와서 보시오

내일이면 잊혀질 사람과
함께 보시오

왼 산이 통째로 살아서
가쁜 숨 몰아 쉬는 모습을

다 못 타는 이 여자의
슬픔을…….

별후

하오의 녹슨 기적 소리 속
흔들리며 가는
가벼운 어깨
지평 위에 사라지지 않는
사라지지 않는
작은
점
하나
(물빛 스타킹)
(등꽃 보라 무늬)

허튼 청개구리 울음 소리
여름해 길다
낮달은 희다.

시

그냥 줍는 것이다

길거리나 사람들 사이에
버려진 채 빛나는
마음의 보석들.

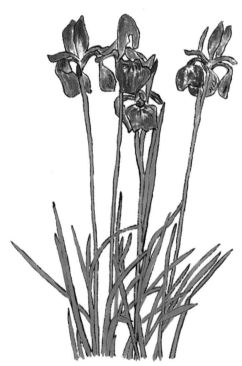

2014. 나태주

능금나무 아래

한 남자가 한 여자의 손을 잡았다
한 젊은 우주가 또 한 젊은
우주의 손을 잡은 것이다

한 여자가 한 남자의 어깨에 몸을 기댔다
한 젊은 우주가 또 한 젊은
우주의 어깨에 몸을 기댄 것이다

그것은 푸르른 5월 한낮
능금꽃 꽃등을 밝힌
능금나무 아래서였다.

추억

어디라 없이 문득
길 떠나고픈 마음이 있다
누구라 없이 울컥
만나고픈 얼굴이 있다

반드시 까닭이
있었던 것은 아니다
분명히 할 말이
있었던 것은 더욱 아니다

푸른 풀밭이 자라서
가슴속에 붉은
꽃들이 피어서

간절히 머리 조아려
그걸 한사코
보여주고 싶던 시절이
내게도 있었다.

지상에서의 며칠

때 절은 종이 창문 흐릿한 달빛 한줌이었다가

바람 부는 들판의 키 큰 미루나무 잔가지 흔드는 바람이었다가

차마 소낙비일 수 있었을까? 겨우

옷자락이나 머리칼 적시는 이슬비였다가

기약 없이 찾아든 바닷가 민박집 문지방까지 밀려와

칭얼대는 파도 소리였다가

누군들 안 그러랴

잠시 머물고 떠나는 지상에서의 며칠, 이런 저런 일들

좋았노라 슬펐노라 고달팠노라

그대 만나 잠시 가슴 부풀고 설렜었지

그리고는 오래고 긴 적막과 애달픔과 기다림이 거기 있었지

가는 여름 새끼손톱에 스며든 봉숭아 빠알간 물감이었다가

잘려 나간 손톱조각에 어른대는 첫눈이었다가

눈물이 고여서였을까? 눈썹

깜짝이다가 눈썹 두어 번 깜짝이다가…….

통화

자면서도 나는
그대에게 전화를
걸고 있습니다

그대 생각만으로 살았다고
내일도 그대 생각 가득할 것이라고

자면서도 나는
그대로부터 전화를
받고 있습니다.

눈

빛깔과 내음과 소리로만
떠돌던 그대의 추억
밤 사이 땅 위에 내려와
머물렀습니다
새하얀 그대의 속살.

안개

흐려진 얼굴
잊혀진 생각
그러나 가슴 아프다.

가보지 못한 골목길을

가보지 못한 골목들을
그리워하면서 산다

알지 못한 꽃밭,
꽃밭의 예쁜 꽃들을
꿈꾸면서 산다

세상 어디엔가
우리가 아직 가보지 못한 골목길과
우리가 아직 알지 못하던 꽃밭이
숨어 있다는 것은
그것만으로도 얼마나
희망적인 일이겠니!

만나지 못했던 사람들을
만나기 위해서 산다

세상 어디엔가
우리가 아직 만나지 못한 사람들이
살고 있다는 것은

그것만으로도 얼마나

가슴 두근거려지는 일이겠니!

시장길

모처럼 시장에 가 보면
시끌벅적한 소리와
비릿비릿한 내음새,
비로소 살아 있는 사람들의
냄새와 소리들,
별로 살 물건 없는 날도
그 소리와 냄새 좋아
시장길 기웃댄다.

그런 사람으로

그 사람 하나가
세상의 전부일 때 있었습니다

그 사람 하나로 세상이 가득하고
세상이 따뜻하고

그 사람 하나로
세상이 빛나던 때 있었습니다

그 사람 하나로 비바람 거센 날도
겁나지 않던 때 있었습니다

나도 때로 그에게 그런 사람으로
기억되고 싶습니다.

시

마당을 쓸었습니다
지구 한 모퉁이가 깨끗해졌습니다

꽃 한 송이 피었습니다
지구 한 모퉁이가 아름다워졌습니다

마음속에 시 하나 싹텄습니다
지구 한 모퉁이가 밝아졌습니다

나는 지금 그대를 사랑합니다
지구 한 모퉁이가 더욱 깨끗해지고
아름다워졌습니다.

2.014.

돌멩이

흐르는 맑은 물결 속에 잠겨
보일 듯 말 듯 일렁이는
얼룩무늬 돌멩이 하나
돌아가는 길에 가져가야지
집어 올려 바위 위에
놓아두고 잠시
다른 볼일 보고 돌아와
찾으려니 도무지
어느 자리에 두었는지
찾을 수가 없다

혹시 그 돌멩이, 나 아니었을까?

들길을 걸으며

1

세상에 와 그대를 만난 건
내게 얼마나 행운이었나
그대 생각 내게 머물므로
나의 세상은 빛나는 세상이 됩니다
많고 많은 사람 중에 그대 한 사람
그대 생각 내게 머물므로
나의 세상은 따뜻한 세상이 됩니다.

2

어제도 들길을 걸으며
당신을 생각했습니다
오늘도 들길을 걸으며
당신을 생각했습니다
어제 내 발에 밟힌 풀잎이
오늘 새롭게 일어나
바람에 떨고 있는 걸
나는 봅니다
나도 당신 발에 밟히면서
새로워지는 풀잎이면 합니다

당신 앞에 여리게 떠는
풀잎이면 합니다.

2014. 이대로 작

한밤중에

한밤중에
까닭없이
잠이 깨었다

우연히 방안의
화분에 눈길이 갔다

바짝 말라 있는 화분

어, 너였구나
네가 목이 말라 나를
깨웠구나.

사랑하는 마음 내게 있어도

사랑하는 마음
내게 있어도
사랑한다는 말
차마 건네지 못하고 삽니다
사랑한다는 그 말 끝까지
감당할 수 없기 때문

모진 마음
내게 있어도
모진 말
차마 하지 못하고 삽니다
나도 모진 말 남들한테 들으면
오래오래 잊혀지지 않기 때문

외롭고 슬픈 마음
내게 있어도
외롭고 슬프다는 말
차마 하지 못하고 삽니다
외롭고 슬픈 말 남들한테 들으면
나도 덩달아 외롭고 슬퍼지기 때문

＞
사랑하는 마음을 아끼며
삽니다
모진 마음을 달래며
삽니다
될수록 외롭고 슬픈 마음을
숨기며 삽니다.

기쁨

난초 화분의 휘어진
이파리 하나가
허공에 몸을 기댄다

허공도 따라서 휘어지면서
난초 이파리를 살그머니
보듬어 안는다

그들 사이에 사람인 내가 모르는
잔잔한 기쁨의
강물이 흐른다.

들국화 · 1

1
울지 않는다면서 먼저
눈썹이 젖어

말로는 잊겠다면서 다시
생각이 나서

어찌하여 우리는
헤어지고 생각나는 사람들입니까?

말로는 잊어버리마고
잊어버리마고……

등피
아래서.

2
살다 보면 눈물날 일도
많고 많지만
밤마다 호롱불 밝혀

네 강심江心에 노를 젓는
나는 나룻배

아침이면
이슬길 풀섶길 돌고 돌아
후미진 곳
너 보고픈 마음에
하얀 꽃송이 하날 피웠나부다.

슬픔

햇살이 아직 남아 있는 동안만이라도
그대 앞에 있게 해 다오

멍하니 넋을 놓고 앉아 있는
질그릇 투가리
때 절은 창호지 문에
서서히 번지는 노을, 그 황토 빛

햇살이 아직 밝은 동안만이라도
그대 눈을 지켜 눈물 글썽이게 해 다오.

들국화 · 2

바람 부는 등성이에
혼자 올라서
두고 온 옛날은
생각 말자고,
아주 아주 생각 말자고

갈꽃 핀 등성이에
혼자 올라서
두고 온 옛날은
잊었노라고,
아주 아주 잊었노라고

구름이 헤적이는
하늘을 보며
어느 사이
두 눈에 고이는 눈물
꽃잎에 젖는 이슬.

순이야

순이야, 부르면
입 속이 싱그러워지고
순이야, 또 부르면
가슴이 따뜻해진다

순이야, 부를 때마다
내 가슴속 풀잎은 푸르러지고
순이야, 부를 때마다
내 가슴속 나무는 튼튼해진다

너는 나의 눈빛이
다스리는 영토
나는 너의 기도로
자라나는 풀이거나 나무거나

순이야, 한 번씩 부를 때마다
너는 한 번씩 순해지고
순이야, 또 한 번씩 부를 때마다
너는 또 한 번씩 아름다워진다.

꽃 피우는 나무

좋은 경치 보았을 때
저 경치 못 보고 죽었다면
어찌했을까 걱정했고

좋은 음악 들었을 때
저 음악 못 듣고 세상 떴다면
어찌했을까 생각했지요

당신, 내게는 참 좋은 사람
만나지 못하고 이 세상 흘러갔다면
그 안타까움 어찌했을까요……

당신 앞에서는
나도 온몸이 근지러워
꽃 피우는 나무

지금 내 앞에 당신 마주 있고
당신과 나 사이 가득
음악의 강물이 일렁입니다

>
당신 등 뒤로 썰렁한
잡목 숲도 이런 때는 참
아름다운 그림 나라입니다.

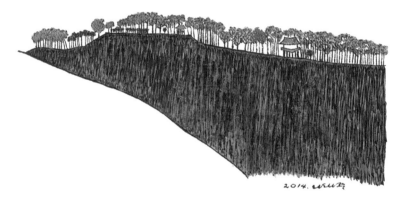

제비꽃

그대 떠난 자리에
나 혼자 남아
쓸쓸한 날
제비꽃이 피었습니다
다른 날보다 더 예쁘게
피었습니다.

말을 아껴야지

말을 아껴야지
눈물을 아껴야지

참고 참으면
사람의 말에서도 향내가 나고

아끼고 아끼면
사람의 눈물도 포도알이 될 것이다

혼자 속삭이는 말
돌아서서 지우는 눈물.

산수유꽃 진 자리

사랑한다, 나는 사랑을 가졌다

누구에겐가 말해주긴 해야 했는데

마음 놓고 말해줄 사람 없어

산수유꽃 옆에 와 무심히 중얼거린 소리

노랗게 핀 산수유꽃이 외워두었다가

따사로운 햇빛한테 들려주고

놀러온 산새에게 들려주고

시냇물 소리한테까지 들려주어

사랑한다, 나는 사랑을 가졌다

차마 이름까진 말해줄 수 없어 이름만 빼고

알려준 나의 말

여름 한 철 시냇물이 줄창 외우며 흘러가더니

이제 가을도 저물어 시냇물 소리도 입을 다물고

다만 산수유꽃 진 자리 산수유 열매들만

내리는 눈발 속에 더욱 예쁘고 붉습니다.

오늘의 약속

덩치 큰 이야기, 무거운 이야기는 하지 않기로 해요

조그만 이야기, 가벼운 이야기만 하기로 해요

아침에 일어나 낯선 새 한 마리가 날아가는 것을 보았다든지

길을 가다 담장 너머 아이들 떠들며 노는 소리가 들려 잠시 발을

멈췄다든지

매미 소리가 하늘 속으로 강물을 만들며 흘러가는 것을 문득 느꼈

다든지

그런 이야기들만 하기로 해요

남의 이야기, 세상 이야기는 하지 않기로 해요

우리들의 이야기, 서로의 이야기만 하기로 해요

지나간 밤 쉽게 잠이 오지 않아 애를 먹었다든지

하루 종일 보고픈 마음이 떠나지 않아 가슴이 뻐근했다든지

모처럼 갠 밤하늘 사이로 별 하나 찾아내어 숨겨놓은 소원을 빌

었다든지

그런 이야기들만 하기로 해요

실은 우리들 이야기만 하기에도 시간이 많지 않은 걸 우리는 잘

알아요

그래요, 우리 멀리 떨어져 살면서도

오래 헤어져 살면서도 스스로

행복해지기로 해요

그게 오늘의 약속이에요.

해설

인터넷 시평

인터넷 시평

http://dokieye.blog.me/ 시「풀꽃」/ 2015.05.09

짧지만 참, 긴 여운이 남는 시. 푸른 풀숲, 가만히 쪼그리고 앉아 이름 없이 자라고 있는 작고, 여린 풀꽃을 자세히, 그 모습을 바라본 적이 있나요?

http://yesvines.blog.me/ 시「내가 너를」/ 2015.02.18

나태주 시인의 시는 참 명료해서 좋다. 숨바꼭질 하는 마음을 잘 찾아내서 마음의 한 끝을 나타낸 글이 감동을 준다. 오래 전에 친구랑 자주 가던 카페가 있었다. 한낮에도 양초를 밝히는 곳이었다. 노랑, 빨강, 보라 등 다양한 양초가 테이블마다 불을 밝히고 있었다. 이 시를 읽으면서 그 시절 그 카페 타오르던 촛불이 떠올랐다. 친구의 절실한 사랑 이야기였기에 우리는 귀를 기울였다. 그리움 가득 안고 너 없이도 너를 좋아할 수 있는 순수의 시대였다.

시「아끼지 마세요」

우리는 누군가를 사랑하거나 무언가를 소유하려고 할 때 상처받지 않을까 두려워하는 듯해요. 하지만, 두려워하기보단 부딪혀 보는 게 낫지 않을까요? 또한 해보지 않고 후회하는 것보단 맘껏 해보는 게 좋지 않을까요?

뉴트 @MR_Newt_b/ 2015.05.08

이정하 시가 좋다면 나태주 시도 읽어봐. 그 사람은 사랑에 빠진 아가씨보단 청년 같은 느낌인데 주로 자연을 이용해서 써서 상상도 잘 되고 부드럽더라고. 원태연 시도 좋고. 읽게 된다면 좋겠다.

창가에 꽃풍경 @eoqkrdlekd1/ 2015.05.06

아주 자잘한 게 넘 귀여웠다. 나뭇잎 사이에 졸망졸망 아주 작은 종처럼 모여 있어 자세히 보아야 보인다. 나태주 시인의「풀꽃」처럼.

예민하다 Yemin @yemin4885/ 2015.04.11

나태주 님의「풀꽃」으로 짤막하게 풀꽃같이 사랑스러운(?) 에그 시

왼쪽자석 꿀 @_misshoney/ 2015.05.08

나태주 이 분은 최소 덕질 해보신 분 같아 겁내 구구절절 우리마음임.

또치봇 @JS_interview/ 2015.04.25

2회쯤 나태주 시인의 시 「풀꽃」을 읊는 장면이 지나가고 나서야 내 안에서 흐릿하던 캐릭터가 잡혔다. 그냥 자연스럽게 남순이가 내게 붙었다는 기분이 들었다. '아, 이런 게 캐릭터와 하나가 된다는 느낌이구나' 싶었다.

과외쌤 구함 @Kiiippeum/ 2015.05.05

이건 나보고 어쩌란 거지… 사랑스럽다 진짜 매번 느끼는 거지만 보고 와서는 더 그렇다. 나태주 꽃 시가 진짜 진리다.

The Eve 명대사봇 @TheEve_FL/ 2015.04.25

봄이 밝아오고 있다. 겨울에서 빈다. 이제 그만 그대는 행복하기를. * 나태주 각색 −데미안

KBS콩 @kbsradio_kong/ 2015.03.26

나태주 시인의 「행복」, 해 지는 오후에 읽으면 좋을 것 같네요.

유류성 @ryusung_ms / 2015.04.20

나태주 시인 새 시집 읽다가 너무 공감해 버림. 이제 그만 날 놔 줘ㅜㅜ

[곰신]순류와역류 @bburubbubbu / 2015.04.05

「아름다운 사람」 나태주 시인은 진짜 빠순이 마음 빙의한 시들이 많음.

서울시교육감 조희연 @joeunedu / 2015.02.11

오늘 교육청 '가정의 날'을 맞아 오랜만에 마이크를 잡고, 우리 직원들에게 일찍 퇴근하라는 당부와, 나태주 시인의 시를 하나 읽어 드렸습니다.

福515 나린 @need11270506 / 2015.02.22

아직도 너를 사랑해서 슬프다. 나태주 — 이 가을에 아마 낙엽이 떨어지는 가을 언저리에서도 나는 널 사랑해서 행복할 거야.

사라✽샐리 @saraahakim / 2015.03.28

예전에 친구 기다리다가 읽은 나태주 연애시 모음집이 있었는데 보고 혼자 울다가 친구가 무슨 일이냐 긐ㅋㅋㅋㅋㅋㅋㅋㅋㅋㅋㅋ

ㅋㅋ 그 시집 이름을 모르겠어. 정말 좋았는데 찾아봤는데 도저히 모르겠더라고.

라벤다 향기 @kmgbctw/ 2015.01.16
볼 때마다 심금을 울리는 예쁜 글귀들이 있다. 나태주 시인님♡ 풀꽃, 괴테의 명언, 정현종 시인님♡방문객, 황인숙 시인님♡어느 날 갑자기 나무는 말이 없고.

방전된 삐까 @serenade_chen/ 2015.03.22
나태주 시인님의 시는 정말 제 정서와 종대 분위기와 잘 맞는 거 같아요♥ 좋은 시 추천 감사합니다.

1004kimsoo.blog.me/221119264994
블로거(천사 셔니) 2017.10.18
내 인생의 첫 시집/ 나태주『꽃을 보듯 너를 본다』
시는 안 읽는다. 사실 못 읽는다. 어떻게 읽어야 할지 몰라서, 시인의 시를 쓸 때 배경을 알지 못하면 이해도 잘 못해서. 윤동주의 여러 시편은 와 닿고 이해도 잘 되는데…
나한테 시란 참 어려운 존재라 도전조차 안했다. 근데 감사하게도, 내가 꼭 살고 싶은 삶을 살고 계신 이웃 진선 님께서 시집 두 권을 선물해주셨다. 그리고 나태주 시인의『꽃을 보듯 너를 본다』가 더

쉽다고 알려주셔서 두 권 중 먼저 집은 책.

천천히 읽었다. 자기 전에 한두 편씩. 잘 읽힐 때에는 여러 편씩. 두 권의 책을 동시에 읽는 경험도 처음이다. 좋은 기회를 주셔서 정말 감사드려요, 진선님.

하나같이 가볍지만 강렬하고 순수하지만 열정적인 시다. 그래서 너무 무겁고 큰 감정의 소용돌이 없이, 어려움 없이, 숨겨진 뜻을 찾으려고 인상 쓰는 일 없이, 쉬이 읽어나갈 수 있었다.

특히나 공감이 많이 되는 사랑노래는, 저절로 옛사랑이 생각난다. 시와 함께, 시와 같은 감정을 일시적으로나마 느낄 수 있다. 잃어버린 것들, 혹은 잃어버린 감정을 다시 느낀 기분. 짧으나 굵은 울림이 있다.

신기한 시집이다. 시를 잘 못 읽고 모르는 나에게, 쉽게 다가와서 내 감정을 활짝 열어젖혔다. 더욱이, 시의 즐거움, 감정의 소용돌이에 빠진 즐거움을 나에게 선사해준 시집이다.

시와의 첫 만남으로 나태주 시인의 『꽃을 보듯 너를 본다』를 접한 건 행운이다. 그리고 그런 행복감을 느낄 수 있게 해준 진선 님께 다시 한 번 감사의 인사를 … .

나 태 주

나태주 시인은 1945년 충남 서천에서 출생했고, 1963년 공주사범학교 졸업했다. 1964년 초등학교 교사로 부임을 했고, 2007년 공주 장기초등학교 교장으로 43년간의 교직 생활을 마감했고, '황조근정훈장'을 받았다. 1971년 《서울신문》 신춘문예로 등단하였고, 1973년 첫 시집 『대숲 아래서』를 출간한 이래 『막동리 소묘』, 『산촌엽서』, 『눈부신 속살』, 『시인들 나라』, 『황홀극치』, 『세상을 껴안다』, 『자전거를 타고 가다가』 등 35권의 개인 시집을 출간했다. 산문집으로는 『시골사람 시골선생님』, 『풀꽃과 놀다』, 『시를 찾아 떠나다』, 『사랑은 언제나 서툴다』, 『날마다 이 세상 첫날처럼』 등 10여 권을 출간했고, 동화집 『외톨이』(윤문영 그림), 시화집 『사랑하는 마음 내게 있어도』, 『너도 그렇다』, 『너를 보았다』 등을 출간했다. 이밖에도 사진시집 『비단강을 건너다』(김혜식 사진), 『풀꽃 향기 한줌』(김혜식 사진) 등을 출간했고, 선시집 『추억의 묶음』, 『멀리서 빈다』, 『사랑, 거짓말』, 『울지 마라 아내여』 등을 출간했으며, 시화집 『선물』(윤문영 그림)을 출간했다.
나태주 시인은 흙의 문학상, 충청남도문화상, 현대불교문학상, 박용래문학상, 시와시학상, 편운문학상, 한국시인협회상, 고운문화상, 정지용문학상 등을 수상했고, 충남문인협회 회장, 공주문인협회 회장, 공주녹색연합 초대대표, 충남시인협회 회장, 한국시인협회 심의위원장을 역임했으며, 현재 공주문화원장과 충남문화원연합회장으로 활동하고 있다.

이메일 : tj4503@naver.com

나태주 인터넷 시집
꽃을 보듯 너를 본다

초판 1쇄 2015년 6월 20일
초판 43쇄 2023년 10월 5일

지 은 이   나태주
펴 낸 이   반송림
펴 낸 곳   도서출판 지혜 · 계간시전문지 애지
기획위원   반경환 이형권
주   소   34624 대전광역시 동구 태전로 57, 2층 도서출판 지혜 (삼성동)
전   화   042-625-1140
팩   스   042-627-1140
전자우편   eji@ji-hye.com
            ejisarang@hanmail.net
애지카페   cafe.daum.net/ejiliterature

ISBN   979-11-5728-029-2 03810
값   11,000원